這一次，本大爺
就讓大家好好瞧瞧
邪惡教主佐羅力，
到底有多麼邪惡。
各位讀者
要有所覺
如果不想
往下讀的
就只能趁
快點放棄

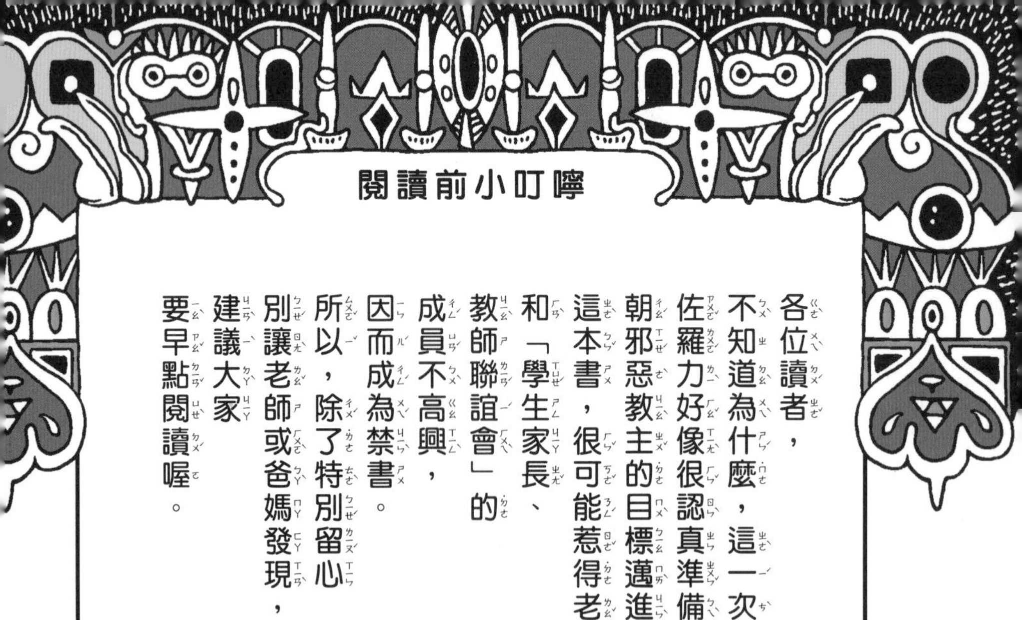

閱讀前小叮嚀

各位讀者，
不知道為什麼，這一次，
佐羅力好像很認真準備
朝邪惡教主的目標邁進。
這本書，很可能惹得老師
和「學生家長、
教師聯誼會」的
成員不高興，
因而成為禁書。
所以，除了特別留心
別讓老師或爸媽發現，
建議大家
要早點閱讀喔。

原裕

原裕

怪傑佐羅力之
伊豬豬、魯豬豬的致命危機!!

文·圖 ~~原裕~~ 佐羅力　譯 周姚萍

一輛有篷馬車。
當有篷馬車疾馳到
他們所在的懸崖下方，
佐羅力他們一起
往馬車的頂篷，
一躍而下。

在佐羅力的手勢下，
伊豬豬和魯豬豬
一秒鐘也不延遲，
潛入了頂篷內。
佐羅力他們的目標是……
馬車夫

放在頂篷內那個很漂亮的箱子。

打開箱子一看，

裡頭塞滿了

金光耀眼

的金幣。

伊豬豬和

魯豬豬

對看一眼，

露出賊賊的笑容，然後闔上蓋子，

合力抱起箱子。
接著，就只須將箱子
交給等候在頂篷上的佐羅力。
到目前為止，他們三人
所花的時間，
還不到一分鐘呢。
真是神乎其技啊，
連馬車夫都沒發現任何不對勁。
但是，就在這個時候……

隨著噠噠聲，一位騎著馬，而且和佐羅力很像的面具男現身了，他大大的張開雙手。

聽到大聲叫喚的伊豬豬和魯豬豬……

遵命——
將手上所抱的金幣箱丟向那位男子。
在頂篷上看到這一切的佐羅力，慌慌張張的伸長了手，
啊？等——等等啊。

用力抓住了
正要逃跑的面具男，
可是只抓到他的
披風尾端。

披風被扯破了，
面具男沒有停下來，
他將箱子夾在腋下，
越過疾駛的馬車，
在轉瞬間消失蹤影。

佐羅力並不知道馬車夫已經發現了他們，只顧緊緊抓著披風碎片大發脾氣。

火大蟲
笨蛋——本大爺不是在頂篷上嗎？
本大爺可沒說過要騎馬帶走金幣箱啊！這次，本大爺可是一心一意想讓每位讀者感受到我有多邪惡，所以拼盡了全力啊。
火大
火大
火大
火大
真的很抱歉。
對不起。

火大

現在卻全都毀啦——
氣死我了。

火大

佐羅力的怒火難消。

他要伊豬豬和魯豬豬跪坐在頂篷內，然後用有如機關槍般的怒吼聲訓斥他們。

突然間，馬車停了下來。

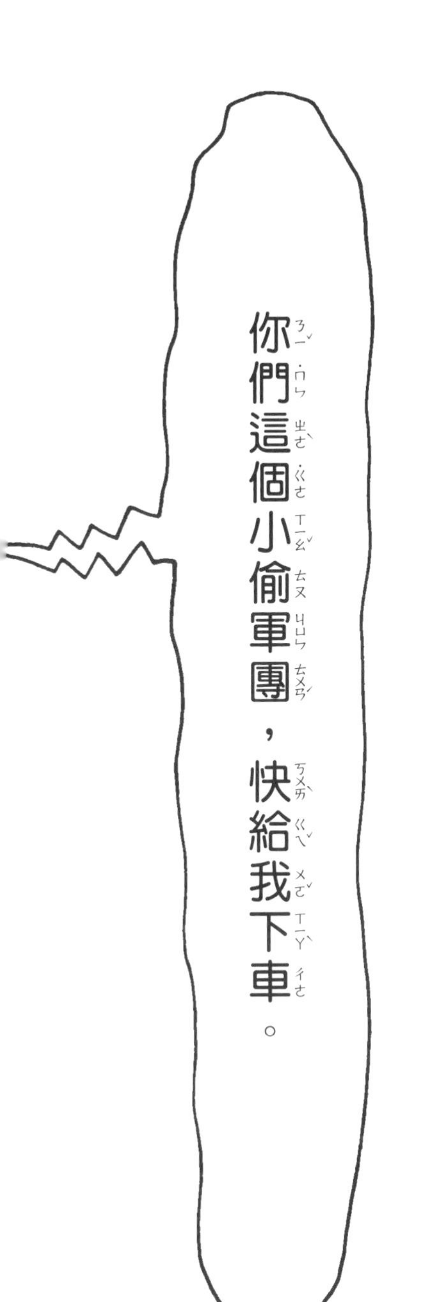

佐羅力他們一下馬車，
發現那裡是一棟
雄偉建築的中庭，
而且有許多人將他們團團圍住。
「阿克洛市長，
我親眼看見
這些傢伙的同黨，
偷走了金幣。」
馬車夫指著佐羅力他們說道。

市長從人牆當中現身了。

「真傷腦筋哪。

告訴你們，那些可不只是金幣，

而是從市民那裡收來的重要稅金，

也是很重要的資金，

要用來推動友善地球環境的相關工程，

回應市民的期望！」

「沒錯！」

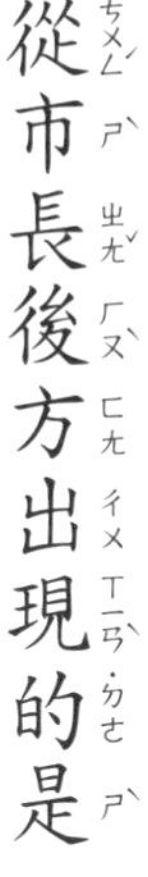

從市長後方出現的是，

建設公司的
克內哈董事長。
阿克洛市長所想出來的
這一大環保計畫，
令敝公司深受感動，
因此以非常便宜的價格
接下這個案子，不過沒有資金，
工程就沒辦法開始進行。
你們不只偷走金幣，
更踐踏了
市民的願望。
如果明白這點，
現在就快點將金幣
還給市政府。
受到市長步步逼近的佐羅力大叫：

那個傢伙不是我們的同黨！
我們沒有犯罪！
喔，你們悄悄的潛入馬車內，
叫做沒犯罪嗎？
而且，聽說帶走金幣的男人和你一樣，
戴著面具、披著披風，難道不是嗎？

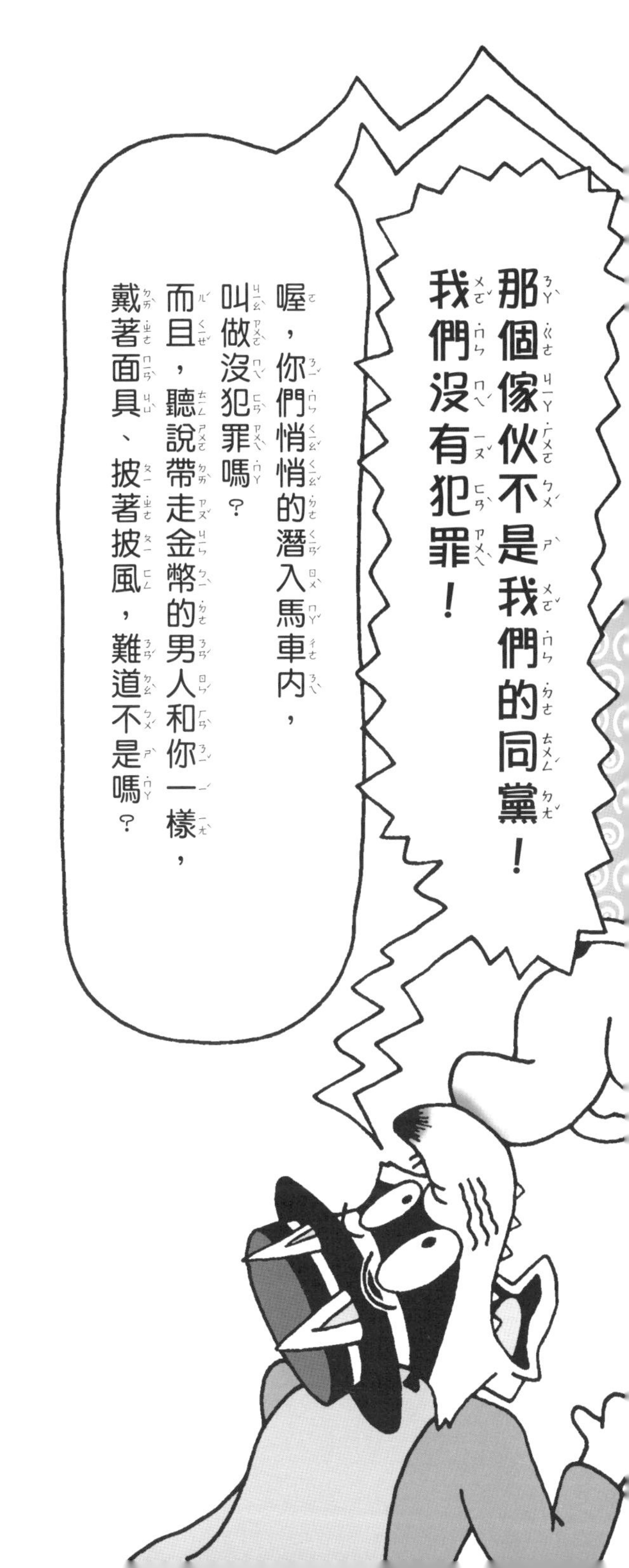

對佐羅力來說，盡是一些不利於他的事證。
不過，在一開始，他確實打算偷走那些金幣，
所以，又能怎樣反駁呢？

「如果是你們偷走了金幣，現在馬上拿出來，我就原諒你們。要是覺得被誤會的話，就把金幣從真正的犯人那裡帶回來，歸還給我們。不管選擇前者或後者，只要金幣確實回到市政府的金庫，就當你們無罪，怎麼樣呢？」

對於市長的提議，佐羅力回答：

「好的，我會把真正的犯人帶來見你！伊豬豬、

魯豬豬，走吧。

咦？他們人呢？」

佐羅力東張西望，

尋找伊豬豬和魯豬豬的身影。

這時，市長卻露出笑容，

指著從中庭就可望見的一個水池，說道：

「嘿嘿，放三位一起去找犯人，

要是你們就這樣跑了，我可就麻煩啦。

所以，其他兩位先留在這裡囉。」

接著佐羅力看到，

伊豬豬和魯豬豬被綁在水池中的一根柱子上。
水門
地球暖化是一件很可怕的事。高山上融化的雪水，會不斷流進這個池子，水位也會不斷升高。由於水門緊緊關上了，依照這種狀況，你的兩位兄弟在傍晚五點鐘左右，就會溺水而死。沒錯，這正是市政府的下班時間。想拯救他們，請在五點鐘之前，將金幣帶回來。
市長話才剛說完，

守衛就將佐羅力
一把抱起，丟出了門外。
市政府
遠遠傳來了
佐羅力大師──
拜託救救我們哪──
伊豬豬和魯豬豬十分悲慘的叫聲。
會的，我一定會趕回來救你們，等著喔。
佐羅力循著原來的路，飛奔而去。

首先，只能先回到金幣被搶走的地方，再循著面具男所騎馬匹的足跡去尋找。

偏偏，佐羅力很快就遇上一條河流阻斷去路，馬匹的足跡也中斷了。剩下能夠稱為線索的，就只有當時被扯下的披風碎片，不過，在這一刻，披風碎片根本沒用！佐羅力茫然的站在原地。

突然，他聽到痛苦的呻吟聲。

一位老先生倒在
河岸的某個地方。
他的四周，
是摔壞的人力車及
四散的包裹、信件。
「喂，你沒事吧？」
佐羅力看到了
這樣的狀況，
急忙的跑過去幫忙。

得救了。我是郵差艾爾馬，
因為不小心滑了一跤，
成了這副模樣。
我想請你幫個忙，
陪我一起修好這輛人力車，
可以嗎？

佐羅力可不能因此耗掉寶貴的時間，他正打算拒絕時，艾爾馬老先生卻說出一件令他吃驚的事。

「剛剛，
羅吉騎在馬上，
戴了和你一樣的面具，
穿了和你一樣的披風。
現在好像很流行這種裝扮喔？」
佐羅力聽到這段話，雙眼都亮了。
「嘿，你說的那個羅吉，是你的朋友嗎？」
「當然啦。接下來，
我就是要送包裹去給他。」

「如果是這樣的話，一切全包在我身上啦。」

佐羅力卯足全力，手腳俐落的修好人力車，所有郵件也在轉眼間，都好端端的放回人力車。

他更隨即對艾爾馬老先生說：

好，我們快快去送包裹吧。我會成為你最得力的助手。
鏘——啷

「啊！這個世上果然還是有好人呀。」

艾爾馬老先生向佐羅力道謝後，開始拉著人力車往前走。佐羅力則跟在後面，協助推車。終於，要與真正的犯人碰面了。

1
不過，艾爾馬老先生是位郵差。
2
在前往佐羅力想見的面具男所在地前，必須先送件到許多地方。加上
3
老先生的腳程很慢，收件人又愛跟他閒聊一長串。
4
更別說，

⑤ 半路上，他突然腰痛。
⑥ 想從河裡盛水喝。
⑦ 更動不動就想尿尿，所以不得不停下來休息。而且，
嚓～
嚓啦嚓啦
嚓啦嚓啦
嚓啦嚓啦
嘶～～
⑧ 一旦發現有用的花草，就開始叨叨絮絮說起相關的知識。
這種草很難找到啊，從立秋到冬天開始下雪……
不過，吃這個根
磨碎，做成消炎鎮痛藥，超有效。
⑨ 最後呢，還開始將草磨碎，製作起消炎鎮痛藥。

佐羅力一想到伊豬豬和魯豬豬，就焦急得不得了。

他終於忍不住啦！從背後一把抱起在磨草的艾爾馬老先生，

將他放上人力車，
自己開始拉著車子往前跑。
就算早一秒鐘也好，
佐羅力想快點完成工作，
抵達面具男所在的地方。
佐羅力忽右忽左，
奔走在向上蜿蜒的山路上。
他依照艾爾馬老先生的指示，
順利快速的將信件送到一個又一個地方。

人力車上

總算只剩下一件包裹了。

「這是要送到

市民會議廳給

羅吉的東西啦。」

「我一直等著你說出

這句話呀，老先生。」

佐羅力加快速度，

往市民會議廳趕過去。

那裡聚集了許多市民。

喂，羅吉，說好要送來的東西到了唷。

艾爾馬老先生一喊。

「等我一下。」

接著，從人群中走出一位體格健壯的青年。

他並沒有戴面具，

但身上的披風尾端缺了一角。

佐羅力咻的繞到青年背後，

想看看手上的碎片，是不是和青年披風的缺角相吻合。

完全吻合

總算被我找到了！
搶走本大爺金幣的就是你。
快說，金幣在哪裡？

佐羅力這麼一逼問，

羅吉說出了令人感到訝異的話：

「你不是把它運來了嗎？」

「你說什麼？本大爺有急事要去辦，你別開玩笑了，快點說出金幣到底在哪裡。」

佐羅力根本搞不清楚事情的來龍去脈，羅吉因此說明了起來。

❶ 好不容易到手的金幣，要是被追捕的人搶回去，可就糟了。正當我這麼想著的時候，

❷ 郵差艾爾馬老先生正好經過，於是，我閃過一個念頭：如果將金幣箱當成小包裹寄放在他的郵車上，請他送到這裡來，不是很好嗎？

❸果然，混在老先生所運送的郵件裡，誰也料想不到。

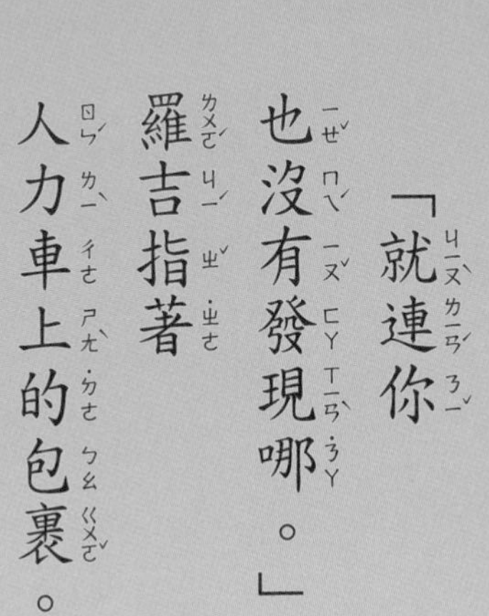

「就連你也沒有發現哪。」羅吉指著人力車上的包裹。

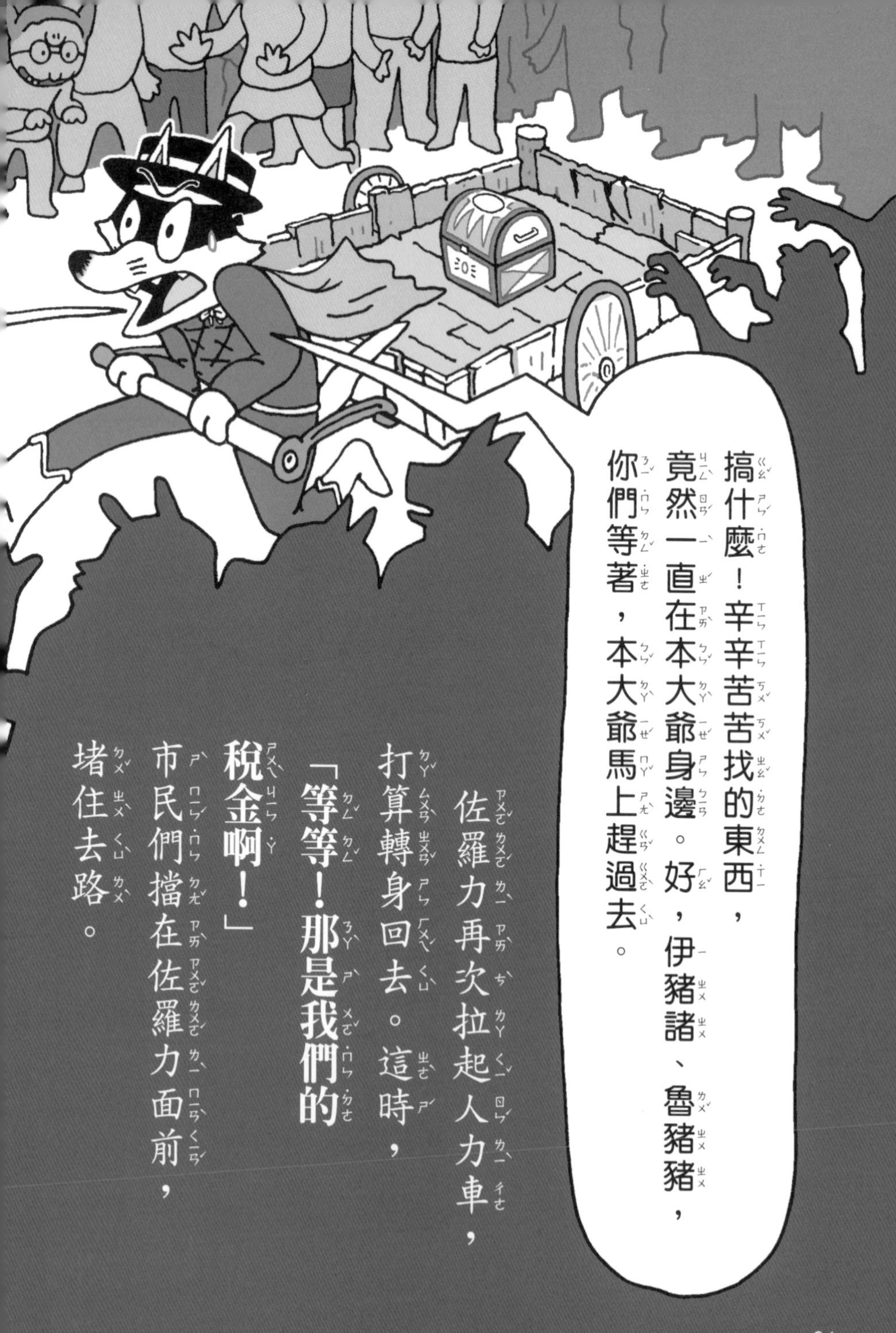

搞什麼！辛辛苦苦找的東西，竟然一直在本大爺身邊。好，伊豬豬、魯豬豬，你們等著，本大爺馬上趕過去。

佐羅力再次拉起人力車，打算轉身回去。這時，

「等等！那是我們的稅金啊！」

市民們擋在佐羅力面前，堵住去路。

我知道。你們正等著自己所選出的阿克洛市長，將這筆稅金用在大家期盼的環保工程上。
這筆稅金的用途有問題。我們拿到那個市長的環保工程計畫書後，全都嚇了一跳。來，給你瞧瞧。
羅吉在佐羅力面前攤開計畫書。

環保會館4 祕 計畫書
阿克洛市長
注 紅色的文字是市民加註的質疑
館4
裡面只是三溫暖而已
販賣的只是沒氣的可樂罷了
這個展出只是想用來炫耀的吧？
努力存活下來的瀕臨絕種魚類
地球暖化體驗
環保可樂全自動販賣機
喝了不容易打嗝的可樂，可減少二氧化碳排放。
自動販賣機
咦，這不是很氣派的建築嗎？
盡是一些很遜的藝人擔綱演出，座位經常空蕩蕩的。這種「冷場」，不會降低地球暖化程度的。
展出品非常無趣，孩子們來看過一次，都不會想來第二次。
垃圾分類法
環保劇場
這已經是市裡第四座環保會館。裡面的裝置、設備都差不多，卻還要蓋第四座。
阿克洛市長的話
環保海報
環保俳句
環保兵庫
環保會館3
環保會館1
此會館亦已完工。阿克洛
環保會館2
建了一座像這樣的建築，卻沒人使用，只會增加用電量和電費而已。
市長根本什麼都沒做，只會壓制我們市民高漲的環保意識。
只是看板而已；上面寫了一堆市長自滿的話，以及市民能做的環保項目。

◎至今所建造的環保會館，
全都很無趣，很快的，
便不會有人造訪。
就算這樣，冷氣還是整天
轟轟作響，照明設備也
從早到晚亮著。
說是環保會館，
卻是最
浪費能源的
地方。
一整天都會
閃閃發亮的霓虹燈
環保
最新型
冷氣
（保證冬暖夏涼）
館內共裝設三十台
喊了eco，
聽到eco
的回聲，
無聊死了。
只是把地球
造型的溜溜球
掛起來而已。
朝著圓洞內
大喊eco，
就會聽到
「eco」的回
聲。
eco-eco
eco-eco
歡樂遊戲區
地球暖化
遊戲
等冰塊融化後
取出其中
零食
全市
最豪華的吊燈
冰塊
正在漸漸
融化中！
將垃圾分類後，
精準丟進格子
內的遊戲。
垃圾
環保會館
吉祥物
ecoeco
小海豹
太嚇人了，
小朋友都
不敢靠近
世界環保袋展
我們使用環保袋，不厭其煩的關掉電源開關，這一切細微的努力，豈不全都白費了？
我們這些市民，期望能規畫出的是「更環保的垃圾處理」、「不汙染空氣的電器製造方法」等計畫，好讓市內的二氧化碳排放量能大大降低。

我們多次拜託市長
停止環保會館的計畫。
「這已經在開會時
有所決議了，
我無能為力。」
市長這麼回答，
擺明了不接受大家的意見。

今天，要是將金幣
交給建設公司的董事長，
一旦開工動土，就沒救了。
於是，我們開始打探
是否有機會拿回金幣，
也得知你們打算偷走這筆錢。
我立刻假扮成你，
讓你背上搶奪重要稅金的
非法罪名。

羅吉一說完，四周響起如雷的掌聲，充分顯示出市民內心的感受。

偏偏，佐羅力有迫在眉睫的危機，不得不解決呀。

突然，

咚一聲，佐羅力腦袋磕地，向大家提出請求。

老實告訴各位，我有兩位可愛的小跟班，現在被市長當成了人質。要救出他們，非用到那些金幣不可。等我救出同伴後，一定會說服市長，重新考慮稅金的用途。拜託各位，無論如何都先將金幣交給我保管。

你太天真啦！
我們都不曉得拜託市長幾次了。
「這已經在開會時有所決議。」
那位市長除了這句話之外，
沒有其他的回應。

「對啊，對啊。」

市民們大聲喊著。

佐羅力完全遭到拒絕，然而，對他來說，這是救出伊豬豬和魯豬豬的唯一方法。

所有的人，才剛意識到他突然站起來，

他就已經搶走金幣箱，往外跑去。

不過，大群的市民形成人牆，勢單力薄的佐羅力怎麼衝得出去呢？

市民將他五花大綁，扔進了會議廳角落的雜物間。

佐羅力已經動彈不得了。

「伊豬豬、魯豬豬，
我對不起你們。」

即使落到這種處境，
他只要一想到水池裡
的水正不斷上升，
就忍不住落下悲傷的淚珠。

這時，

從後門那兒，
出現了披著披風的面具男，
幫佐羅力解開繩索。
原來那是艾爾馬老先生。
「我都聽到了，
雖然那是我們繳的稅金，
但不管怎麼說，用那樣的方式拿回來，
是不對的！」
他說著，把金幣箱遞給佐羅力。

「拿著，去救出你的夥伴。我會試著去說服市長的，這樣好嗎？」

「謝謝你幫了這麼大的忙。」

「今天一整天，我受到你很多照顧哇。而且，我很想穿戴上正在流行的面具和披風呢。」

佐羅力他們，悄悄的從放置著物品的後門溜走了。

他們藏身在樹叢中。

「老先生，沒時間了，我的同伴處在生死關頭哇。」

佐羅力很擔憂的說。

「你就放心的交給我吧。

我從小就在這一帶到處晃，

熟得不得了，

所以知道怎麼抄近路，跟我來吧。」

艾爾馬老先生得意的拍著胸脯保證。

「有老先生在，我就放心了。」

確認附近都沒人後，佐羅力和艾爾馬老先生一起帶著金幣，朝著近路走去。

然而，近路的樣子和小時候可大不相同啊。
那條近路的路況不佳，對於有歲數的艾爾馬老先生來說，困難重重，每一步走起來都非常的艱難且辛苦。

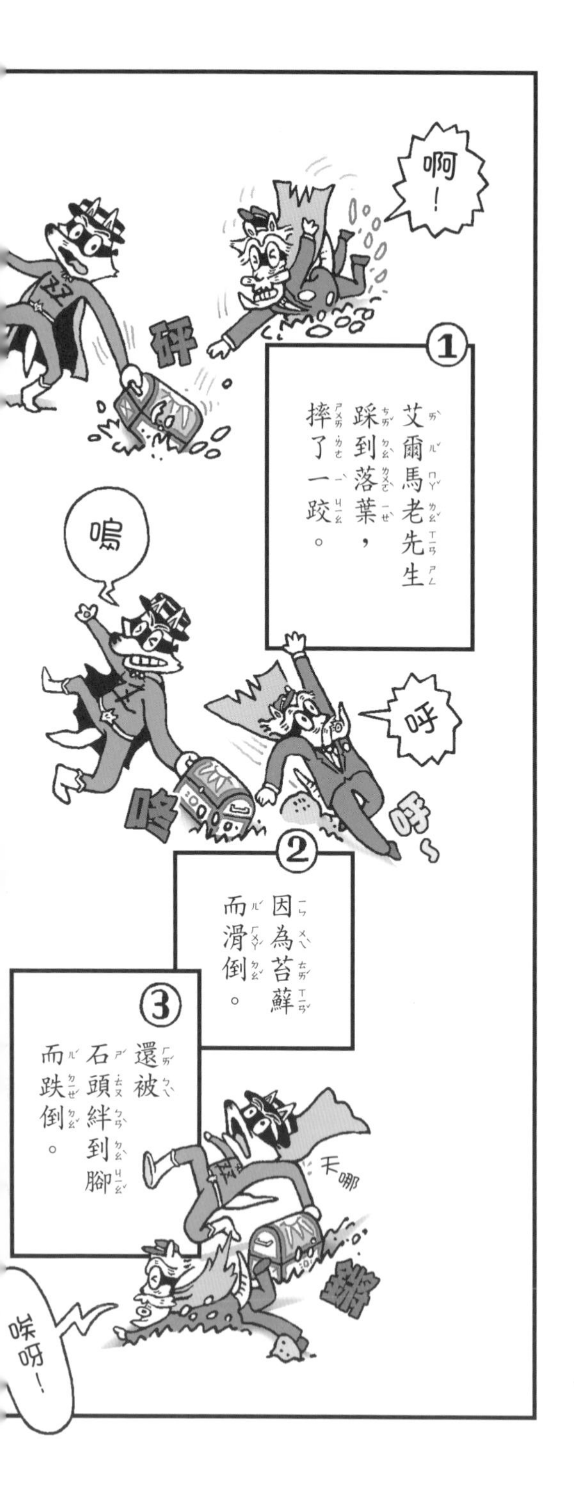

啊！
砰
①艾爾馬老先生踩到落葉，摔了一跤。
嗚
呼
咚
呼～
②因為苔蘚而滑倒。
③還被石頭絆到腳而跌倒。
天哪
唉呀！

花掉這麼多時間，還能叫捷徑嗎？

「好，如果改變戰術的話，你覺得如何呢？」

艾爾馬老先生馬上開始拔起附近的草。

將整束的草
編成
繩子
他利用繩子
將金幣箱，
像這樣綁在佐羅力和
自己的手上。

「固定住以後，就算以為箱子要掉了，其實卻還牢牢的在手上。佐羅力先生，接下來，要好好的踩穩每一步，把先前浪費掉的時間追回來。」

他們開始朝下坡路走去。

「一、二，一、二。」
隨著叫喊聲，兩人很有默契的
用一致的步伐往下走。

突然，下坡路
變得很陡，
兩人的速度愈來愈快、
愈來愈快，
等到回過神來，
已經……

完全停不下來、
煞不了車啦。
而且，
他們的運氣
真的
很不好，
他們那時
衝往的
方向——

有一棵巨大的樹木
擋住去路。
再繼續往前衝，
就會正面
撞上大樹。
為了避開大樹，
他們決定要
一個往左跑，
一個往右跑，

希望逃過一劫。
但他們的雙手
綁了繩子，哪分得開呢？
就這樣，碰咚，
兩人直直的撞上
粗壯的樹幹。

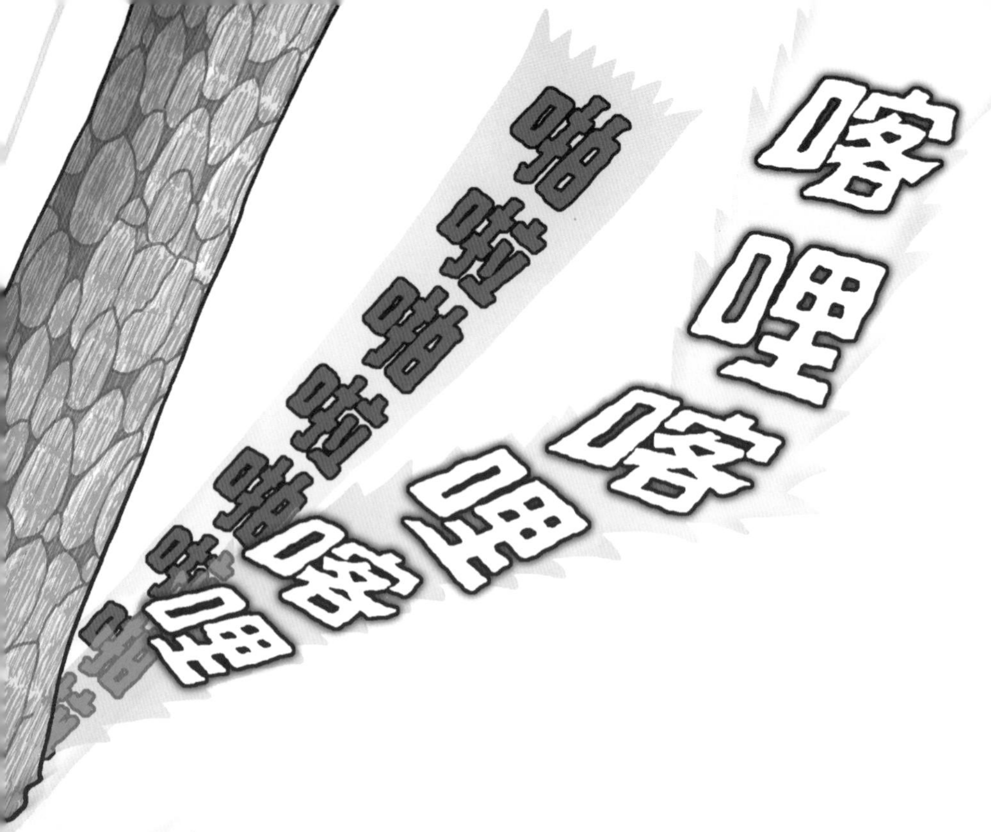

沉重的金幣箱
撞上直挺粗壯的樹幹。
然而，樹幹一下子
就被撞斷了，
佐羅力他們因此能夠
繼續往斜坡下衝。

佐羅力喊著。卻在接下來的一刻，知道了樹木腐朽的原因。

大軍出動啦　大軍出動啦

從斷裂的樹幹中，
飛出聲勢驚人的白蟻大軍。
想必牠們是侵蝕了樹幹，
並將那裡占據為
自己的巢穴吧。

發怒的白蟻大軍，
群起向佐羅力他們
展開攻擊。

哇～
好噁心——
我們趕快到
那邊去！
大軍出動啦
大軍出動啦
沙
當白蟻大軍逼近佐羅力
和艾爾馬老先生
腳邊時，眼前，

出現了一條河川。
佐羅力先生，白蟻只能追到河邊而已。

好——
得救了。
跳進去吧！
佐羅力和
艾爾馬老先生，
雙腳往後一蹬，
躍入河裡。

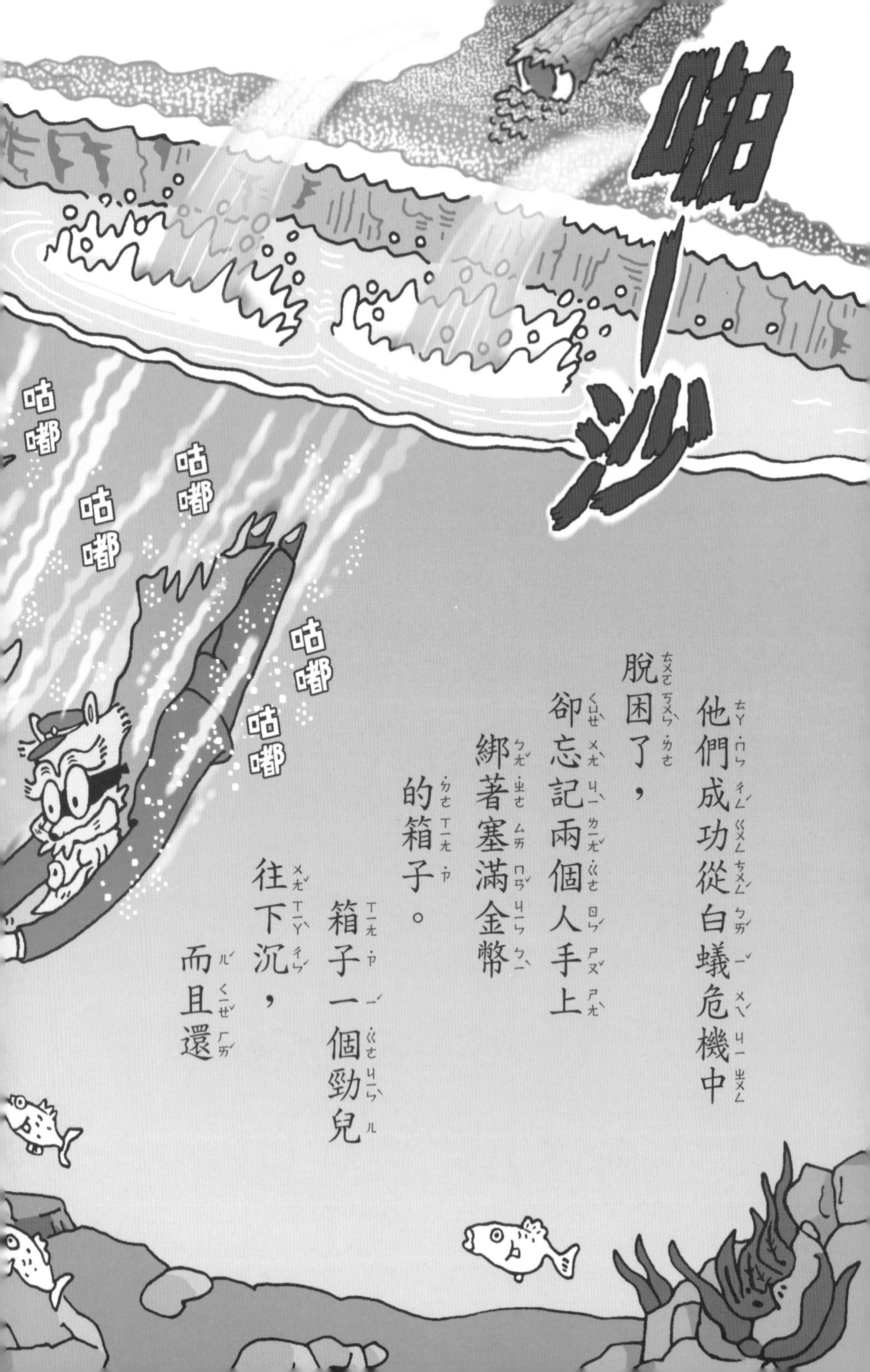
啪｜沙
咕嘟
咕嘟
咕嘟
咕嘟
咕嘟
他們成功從白蟻危機中
脫困了，
卻忘記兩個人手上
綁著塞滿金幣
的箱子。
箱子一個勁兒
往下沉，
而且還

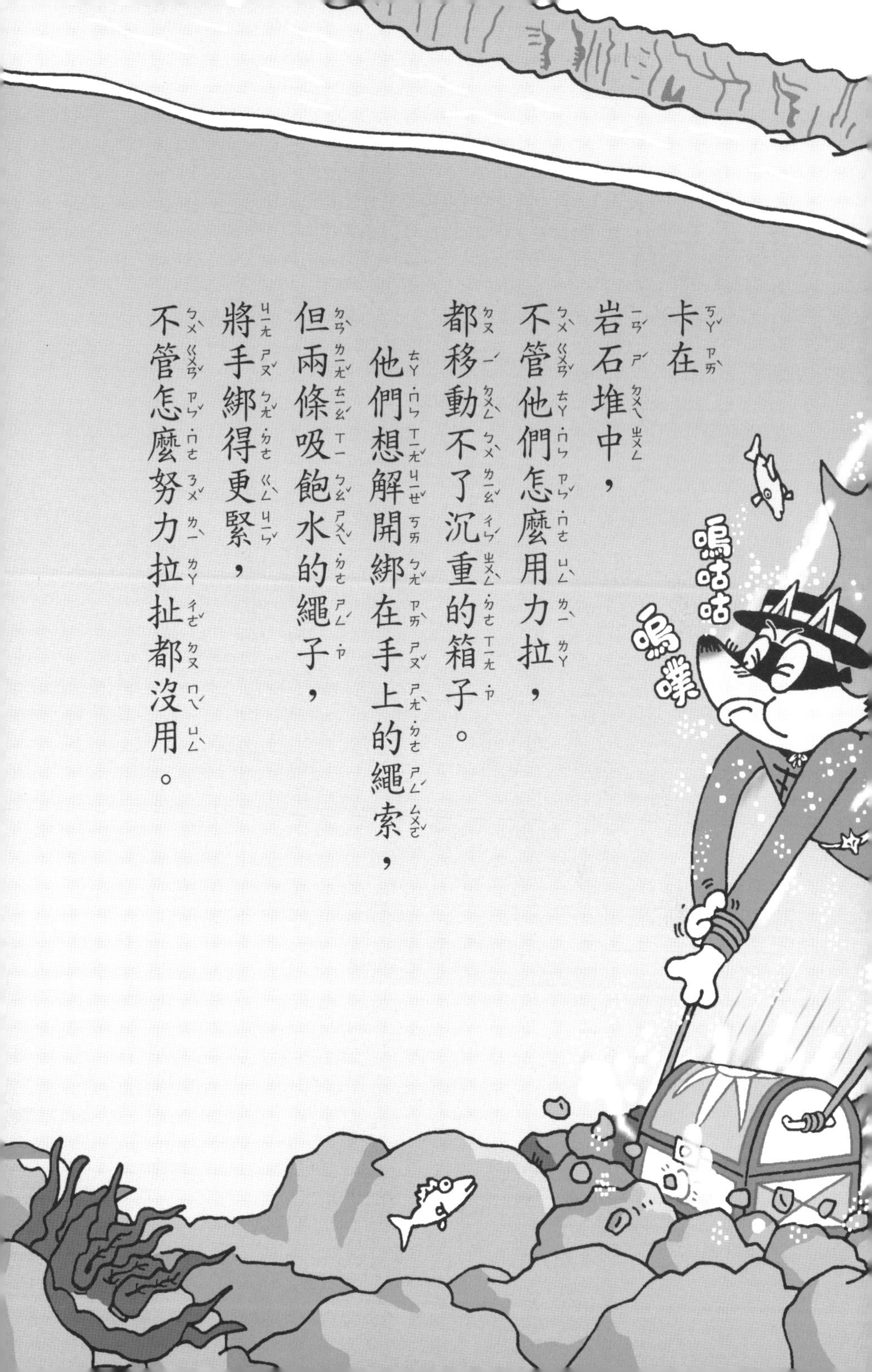

卡在岩石堆中，
不管他們怎麼用力拉，
都移動不了沉重的箱子。
他們想解開綁在手上的繩索，
但兩條吸飽水的繩子，
將手綁得更緊，
不管怎麼努力拉扯都沒用。

而岸上，先前斷裂的大樹幹，順著斜坡滾了下來，衝進河裡。
喀～啪
斷裂的樹幹尖端，撞上卡在石堆的箱子，

讓它浮了起來。

佐羅力他們也因此跟著被拉上水面。不過，兩人連喘口氣的時間也沒有。

原本以為的捷徑，卻因為連續遇上麻煩事，導致所花的時間大大超過兩人的預期。

不管怎樣還是得先上岸，
於是兩人伸長手，
希望抓住岸邊的
雜草或樹枝，
偏偏卻一直
不能如願。

這時，
河水的流速一點一點
的愈變愈快。

前方有巨大的岩石
擋住去路。
他們被衝進
危險的急流中了。

在他們前方的粗大樹枝撞上岩石，變成四散的碎片。

簡直像親眼看著自己
即將面臨的命運。
巨大的岩石，
愈來愈逼近兩人眼前，
艾爾馬老先生
已經不抱
任何的希望，
因此緊緊
閉上雙眼。

佐羅力用力的扭動身軀，雙腳頂住旁邊的岩石，
嗯嗯嗯嗯嗯
背部則是使盡全力靠在樹幹上。

再用屁股一頂，樹木便
咚
呃啊！
轉了方向，朝橫向流了過去，

並卡在岩石和河岸間，不動了。
鏘—喀喀喀喀喀喀喀

來吧，本大爺已經沒時間拖拖拉拉的啦，動作快一點，艾爾馬老先生。
佐羅力他們順著樹幹爬上了河岸。

遠遠的那頭，傳來了鐘聲。

「那個是什麼？」

艾爾馬老先生
回答佐羅力說：

「那是市政府
五點鐘的報時啊。」

「不、不會吧？
時間已經到了！
都這麼晚了，

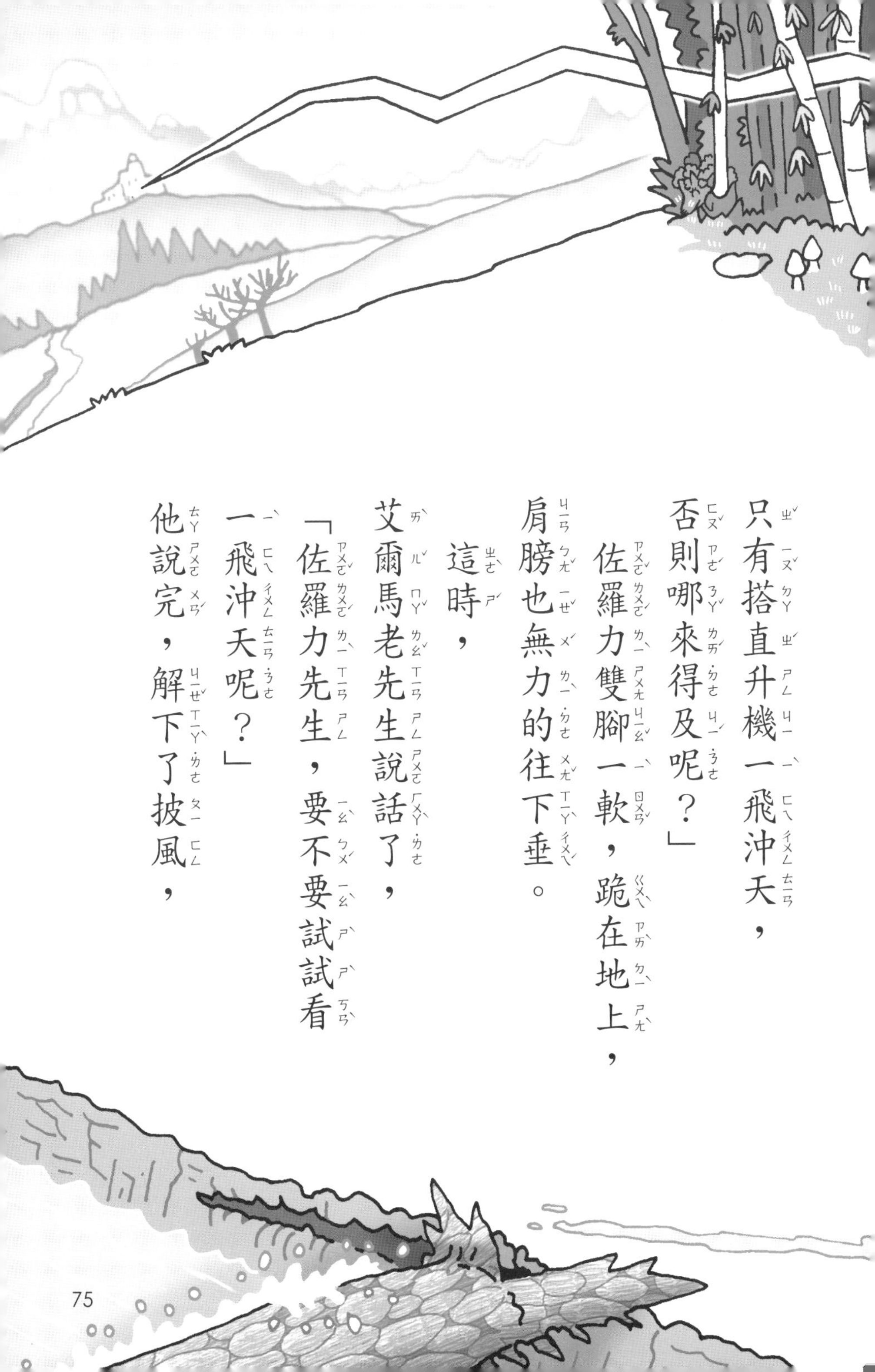

只有搭直升機一飛沖天，否則哪來得及呢？」

佐羅力雙腳一軟，跪在地上，肩膀也無力的往下垂。

這時，艾爾馬老先生說話了，

「佐羅力先生，要不要試試看一飛沖天呢？」

他說完，解下了披風，

將披風直直撕成細細的條狀物。
我已經沒時間向你解釋。你也快點脫下披風，學我這樣做。
嘶哩嘶哩嘶哩嘶哩
嘶！哩
佐羅力依照艾爾馬老先生的話，開始撕起披風，

艾爾馬老先生喃喃自語著，在繩子尾端綁上小石子，然後交到佐羅力手上，
艾爾馬老先生將撕成的條狀物，靈巧的揉捻著，編織成堅韌的繩索。
只需要這樣的長度，應該就夠了吧。
好了

他朝附近的竹子叢裡東張西望。
佐羅力先生，你看到沒，我需要你將繩子纏住那株特別高、特別粗的竹子最頂端。
啊、啊——這簡單。

搞不清楚「葫蘆裡賣什麼藥」的佐羅力，以驚人的氣勢轉動繩索，
轉哪　轉哪
轉哪　轉哪
嘿咻
咻～　咻～　咻～
對準那株竹子的頂端扔過去。

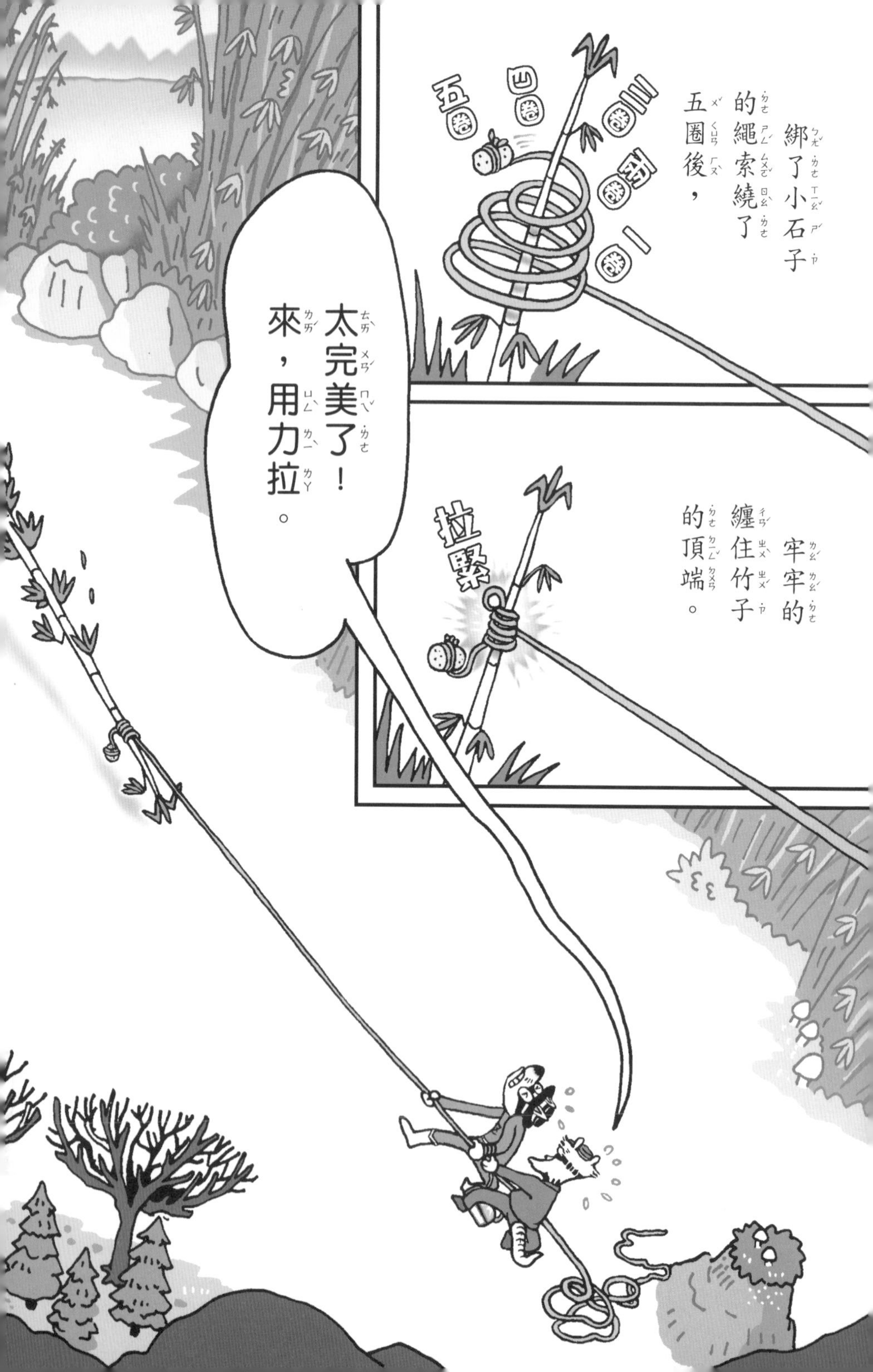

綁了小石子的繩索繞了五圈後，
一圈
二圈
三圈
四圈
五圈
牢牢的纏住竹子的頂端。
拉緊
太完美了！來，用力拉。

佐羅力照著
艾爾馬老先生
的指示完成任務，
使盡全力
將繩索往後拉，
竹子的尖端
簡直像敬禮似的，
朝他們的方向
大幅度彎曲。

艾爾馬老先生
要佐羅力
用力抓緊
彎曲
的竹子，

再將
金幣箱
牢牢固定
在竹子的
頂端，
這樣一來，
所有的
準備
都就緒了。

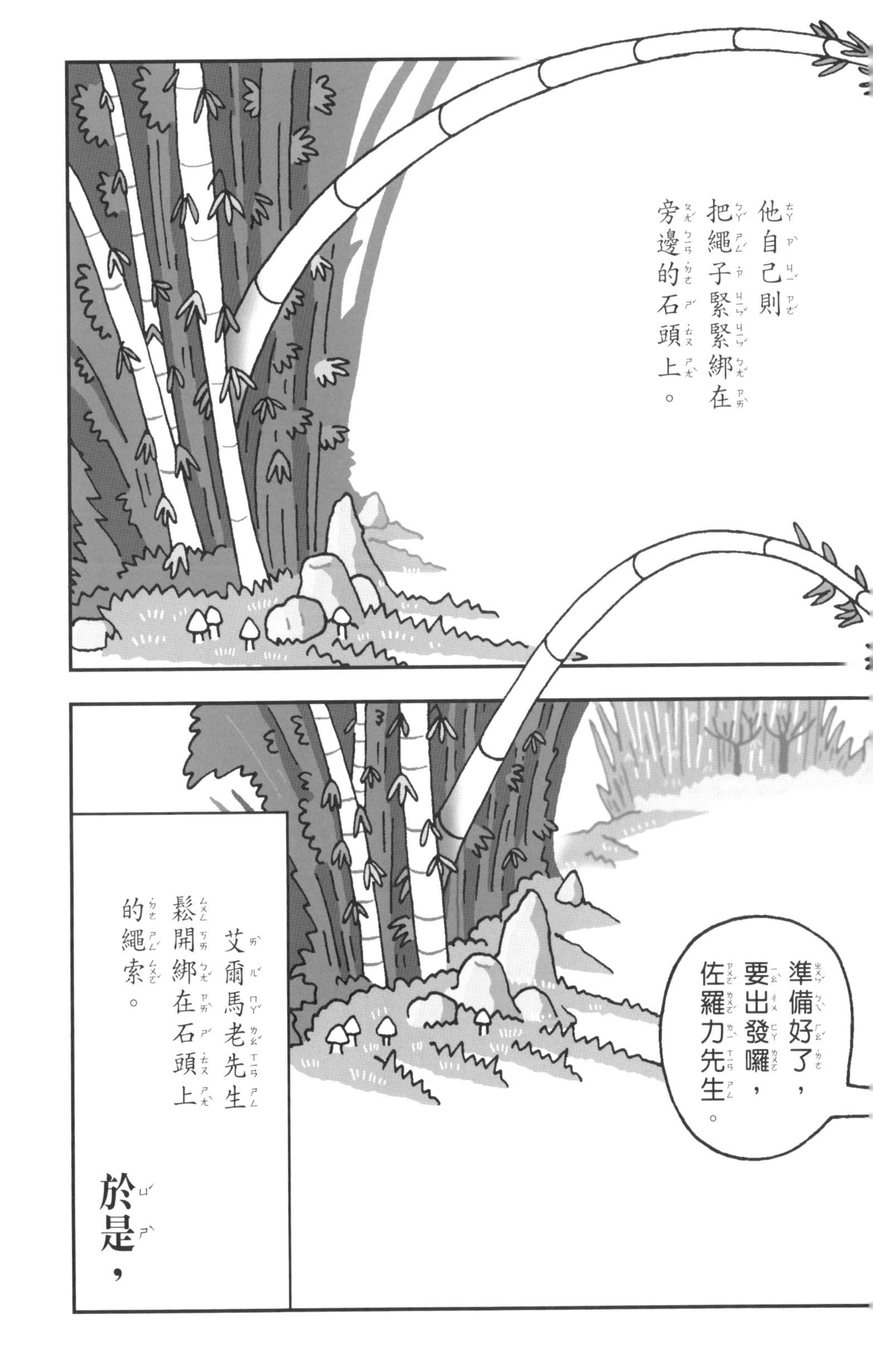
他自己則把繩子緊緊綁在旁邊的石頭上。
準備好了，要出發囉，佐羅力先生。
於是，
艾爾馬老先生鬆開綁在石頭上的繩索。

大幅彎曲
的竹子
彈回去的力道，
將金幣箱
猛的
拋上空中。

當然，
與金幣箱
綁在一起的

佐羅力和
艾爾馬老先生，
也一起
一飛沖天啦。
這時……

由於過了五點鐘，市長等人已經準備好離開，並且正要將大門鎖上。

這時候，從天而降的佐羅力、

艾爾馬老先生和金幣箱把市政府的大門撞毀了。佐羅力手上的繩索一被解開，就馬上奔向水池。

預計的時間已經過了好一陣子。

照理來說，伊豬豬和魯豬豬應該已經沒救了……

沒想到，他們的腦袋還浮在水面上。
呼——還好你們兩個都沒事。我來晚了，對不起。
我們一直都沒有放棄。因為相信佐羅力大師一定會趕來救我們的。

預備——
咕嘟咕嘟咕嘟
我們兩個集合了臭屁，
預備——
咕嘟咕嘟咕嘟
沿著柱子一點一點上升，所以爭取到一些時間。
碰
唉呀
我們已經到最上面了。
咕嘟咕嘟
伊豬豬、魯豬豬你們很拼喔，真了不起！
佐羅力趕緊救出他們兩個。

他們回到市長等人身邊時，艾爾馬老先生正拼命將市民們的想法，傳達給市長知道。

佐羅力也加入了，他說：

喂，市長，你如果真的顧及到市民的話，希望你將稅金用在像阻止積雪融化，這樣有具體效果的環保計畫上。

唉呀呀，小偷竟然跑來跟我說教啦。環保會館計畫在開會時已經有所決議，絕對不可能改變的。哈哈哈。
就是說嘛，決定的事怎麼能變卦呢？不行、不行。

對於阿克洛市長的陳腔濫調，克內哈董事長頻頻點頭表示贊同。

這時，伊豬豬、魯豬豬喊道：

「等一下——」

我們在水池內聽到市長和克內哈董事長兩個人的祕密。佐羅力大師，這個克內哈董事長是阿克洛市長的親戚。
所以，市長把市內的工程全讓克內哈董事長的公司包辦。這樣未免太賊了吧，佐羅力大師。
什麼！
哈——哈哈。

你們在說什麼呀？
我是以優質環保推動人士的身分當上市長。
正確來說，本市長所謂的環保，它雖然是環保，
也是吹捧環保這件事啊。
啊哈哈哈哈。

市長露出了無辜的表情。

佐羅力聽到這些話，冷冷笑著說：

「市政府好像不是很需要那種花在騙人工程上的稅金吧？」

佐羅力從市長手上奪走了那箱金幣，
依照原訂計畫，本大爺要搶走那些金幣！

跳上停在中庭的馬車後，大叫著：
伊豬豬、魯豬豬，將艾爾馬老先生當成人質，一起帶上馬車。
咚

佐羅力確認三人都上了馬車後，衝過市長那群人身邊喊著：

本大爺是邪惡教主怪傑佐羅力——
你們要是敢追上來，
艾爾馬老先生的下場會如何，
可沒人知道喔。
聽懂了嗎？
你們一步都不准給我動！

市長等人被佐羅力的超強氣勢給嚇傻了，呆呆站在那裡，動也不動。

好強。真不愧是邪惡教主怪傑佐羅力大師。到了最後關頭，終於逆轉勝啦。
有了這些金幣，就能蓋一座最雄偉的佐羅力城。
馬車內的伊豬豬和魯豬豬

興奮的
又叫又跳。
艾爾馬老先生
不知道發生了什麼事，
只管驚訝的睜大雙眼。
馬車奔馳了
好一陣子後，
佐羅力猛的
停下來……

他讓艾爾馬老先生坐上駕駛座。

「本大爺無法眼睜睜看著大家的重要稅金白白浪費在不必要的建設計畫上。但不管有什麼樣的理由，這種拿回金幣的方式其實和強盜沒什麼差別，

這全都是本大爺的錯。而這些金幣是你們每位市民的，所以，請你帶回去吧。」

佐羅力將金幣箱交到艾爾馬老先生手上。

艾爾馬老先生想了好一會兒說：

「我怎麼也沒想到市長會這麼惡劣。

我們要快快讓他下台，

快快重新選出一位真正的好市長，

將這些金幣妥善用在對地球、

對環保有用的事情上，

才不會辜負你的心意。

謝謝你，佐羅力先生。」

接著，他收下金幣。

「那麼，我們就在這裡說再見吧。」

佐羅力和伊豬豬、魯豬豬下了馬車，
然後把韁繩交到艾爾馬老先生手上，

「請多加小心你的腰，
駕駛時，車速別太快喔。」

佐羅力輕拍一下馬匹的屁股，
讓馬車朝著來時的方向駛去。

而他們三人就像往常一樣，
又展開了旅程。

對本大爺來說，最重要的就是你們兩個，所以這次，你們能回到我身邊，我已經很滿足了。
嗚，佐羅力大師
聽到這些話真暖心。
啊啊——佐羅力大師，好不容易才到手的寶貝，居然這麼大方就全還了回去，要是能留下一半，不是很好嗎？
佐羅力大師搶走金幣後，駕駛著馬車飛馳而去，那個樣子實在令人著迷。可是，歸還金幣，還將所有的罪都歸在自己身上，真是損失大了。

但是，這次本大爺充分明白了環保的重要性。如果地球變得不適合人居住，就連要做壞事也很難啊。接下來，就將「成為友善地球的邪惡教主」當作目標吧。
你在說什麼啊？本大爺做的壞事多一樁，邪惡教主的等級也會往上跳一級耶。

•作者簡介

原裕 Yutaka Hara

一九五三年出生於日本熊本縣，一九七四年獲得KFS創作比賽「講談社兒童圖書獎」，主要作品有《小小的森林》、《手套火箭的宇宙探險》、《寶貝木屐》、《小噗出門買東西》、《我也能變得和爸爸一樣嗎?》、【輕飄飄的巧克力島】系列、【膽小的鬼怪】系列、【菠菜人】系列、【怪傑佐羅力】系列、【鬼怪尤太】系列、【魔法的禮物】系列等。

•譯者簡介

周姚萍

兒童文學創作者、譯者。著有《我的名字叫希望》、《山城之夏》、《妖精老屋》、《魔法豬鼻子》等作品。譯有《大頭妹》、《四個第一次》、《班上養了一頭牛》、《那記憶中如神話般的時光》等書籍。曾獲「文化部金鼎獎優良圖書推薦獎」、「聯合報讀書人最佳童書獎」、「幼獅青少年文學獎」、「國立編譯館優良漫畫編寫」、「九歌年度童話獎」、「好書大家讀年度好書」、「小綠芽獎」等獎項。

國家圖書館出版品預行編目資料

怪傑佐羅力之伊豬豬、魯豬豬的致命危機!!
原裕 文、圖；周姚萍 譯 --
第一版. -- 台北市：親子天下, 2017.01
104 面 ;14.9x21公分. --（怪傑佐羅力系列；41）
譯自：かいけつゾロリ　イシシ・ノシシ大ピンチ!!

ISBN　978-986-93918-2-5（精裝）
861.59　　105021679

かいけつゾロリ　イシシ・ノシシ大ピンチ!!
Kaiketsu ZORORI Series Vol.44
Kaiketsu ZORORI Ishishi · Noshishi Dai-Pinch!!

First published in Japan in 2008 by POPLAR Publishing Co., Ltd.
Traditional Chinese translation rights arranged with
POPLAR Publishing Co., Ltd.
through Future View Technology Ltd., Taiwan

怪傑佐羅力系列 41

怪傑佐羅力之伊豬豬、魯豬豬的致命危機!!

作者｜原裕（Yutaka Hara）
譯者｜周姚萍
責任編輯｜陳毓書、余佩雯
美術設計｜蕭雅慧
行銷企劃｜高嘉吟

發行人｜殷允芃
創辦人兼執行長｜何琦瑜
副總經理｜林彥傑
總監｜黃雅妮
版權專員｜何晨瑋、黃微真

出版者｜親子天下股份有限公司
地址｜台北市 104 建國北路一段 96 號 4 樓
電話｜（02）2509-2800
傳真｜（02）2509-2462
網址｜www.parenting.com.tw
讀者服務專線｜（02）2662-0332
週一～週五：09:00～17:30
讀者服務傳真｜（02）2662-6048
客服信箱｜bill@cw.com.tw

法律顧問｜台英國際商務法律事務所・羅明通律師
製版印刷｜中原造像股份有限公司
總經銷｜大和圖書有限公司
電話｜（02）8990-2588

出版日期｜2017 年 1 月第一版第一次印行
2021 年 7 月第一版第十六次印行

定價｜300 元
書號｜BKKCH009P
ISBN｜978-986-93918-2-5（精裝）

訂購服務
親子天下 Shopping｜shopping.parenting.com.tw
海外・大量訂購｜parenting@cw.com.tw
書香花園｜台北市建國北路二段 6 巷 11 號
電話｜（02）2506-1635
劃撥帳號｜50331356 親子天下股份有限公司

邁向友善地球的

邪惡教主之路

未經同意潛入別人住家時，別忘了帶布包巾和手電筒。
●悄悄的將想拿走的東西放在布包巾內，包起來帶走。布包巾可重複使用，非常環保。
●打開該住家的電燈，潛在著被發現的危險，而且還會浪費電。所以，請用裝上充電式電池的手電筒照明，來尋找值錢的東西吧。

●如果發現沒有在使用的電器用品，一一的將插頭拔掉，這樣可以省下電費喔。
我的專用筷
●再來，要是廚房裡有剩飯剩菜，趁著還沒餿掉，用自己的專用筷，全部吃光光吧。
●當然，要是看到水龍頭的水滴滴答答的，得趕快扭緊水龍頭；這可是常識喔。
扭扭 扭扭